Von der Rettung der Welt

- und andere Märchen

Marten van den Berg

Bild auf Umschlagseite:
„Die Erde heilt sich" *(2007)*
Stein, Erdpigmente und Ölfarben auf Leinwand.
Marten van den Berg

Bibliografische Information Der Deutschen Bibliothek: Die
Deutsche Bibliothek verzeichnet diese Publikation in der
Deutschen   Nationalbibliographie;   detaillierte
bibliographischen   Daten   sind   im   Internet   über
http//dnb.dbb.de abrufbar.

© 2007 Marten van den Berg
Herstellung und Verlag: Books on Demand GmbH,
Norderstedt
ISBN 978-3-8370-1372-6

Inhaltsverzeichnis

Vorwort

Seit meiner Jugend schreibe ich Gedichte, Kurzgeschichten und Märchen. Oft mit großen Pausen zwischen meinen Schaffensphasen. Da ich meine Arbeit im nach hinein stets sehr kritisch sah und immer mal wieder einen düsteren Blick auf das Leben und die Welt hegte, vernichtete ich regelmäßig mein literarisches Schaffen. So, wie auch meine Bilder, Objekte und Gitarren des öfteren auf den Müll wanderten.

Ich freue mich daher sehr, dass der Schritt zur Veröffentlichung mir jetzt nicht mehr schwer fällt. Ich danke meiner Lebensgefährtin Andrea Akinawa zu tiefstem, mir in diesem Prozess der Reifung bei zu stehen, diesen, unseren Weg mit mir gemeinsam zu gehen. Auch verdanke ich ihr das „Überleben" des ersten Märchens „Die Höhle", die einzige Geschichte, die älteren Datums ist. Während ich das Original dem Papierkorb übergab, bewahrte sie ihre Kopie über mehr als ein Jahrzehnt auf.

Ich wünsche allen Lesern viel Freude beim Eintauchen in die Welt dieses kleinen Buches.

Die Höhle

Die Höhle der Stille war ein großer, nahezu perfekt kreisförmiger Raum, mit in der Mitte einem ebenfalls kreisförmigen Abgrund, von welchem die Tiefe nicht abzuschätzen war. Auf dem ihm gehörenden Platz saß Tsiia und meditierte.

Sein Platz: ein Loch im Felsboden, grob nach der Form eines Menschenhinterteils zurecht gehauen. Nicht sehr tief, gerade so, dass seine Knie unter dem Rand verschollen blieben. Aus einer Distanz von wenigen Metern hätte man nicht sagen können, ob er in seinem Loch stehen oder sitzen würde.

Tsiia war einer der zehn Weisen der Höhle der Stille. Die Sitzlöcher der Weisen befanden sich auf regelmäßigen Abständen verteilt um den Abgrund. Weit unter der Erde befand sich diese natürliche Höhle. Wie weit, das wusste kein Mensch. Nur, um sie zu erreichen brauchte man bestimmt drei bis vier Stunden durch enge, vollkommen finstere Gänge, die immer nur hinunter führten in das tiefste Innere des Berges.

Die Höhle der Stille selbst war seltsamerweise nicht ganz dunkel. Augen, die sich an das schwache Licht des grünlichen Schimmers gewöhnt hatten, konnten sogar die gegenüber-liegende Seite des Raums sehen.

Wo das Licht herkam war rätselhaft, aber vermutlich hatte sich darüber noch nie jemand den Kopf zerbrochen. Merkwürdig war wohl, dass das Licht keine Schatten warf. Oder war es dafür zu schwach? Tag und Nacht, immer war dieses Licht da. In der Höhle der Stille gab es keine Zeit.

Wie lange saß er schon da? Tsiia wußte es nicht. Obwohl er selten daran dachte konnte er sich wohl noch daran erinnern, wie alt er gewesen war, als er in die Höhle eintraf. Der Ersatz seines verstorbenen Vorgängers. Sechzehn Sommer hatte er erlebt, als er feierlich zum Platz geführt wurde, den er bis seinem Tod nicht mehr verlassen würde. Irgendwann sollte wohl auch diese Erinnerung verblassen. Es war nicht wichtig. Sie quälte ihn nicht.

Regelmäßig - waren es alle drei Tage oder jede Woche? - brachten Menschen von draußen seine Mahlzeiten. Reis war es, etwa 25 Körner jedes mal. Zu trinken bekam Tsiia, indem er Wassertropfen, die mit großer Regelmäßigkeit alle ein bis zwei Stunden von der Felsdecke hinunterfielen, mit seiner Zunge auffing. Die Menge war gerade groß genug, um durch Verdünstung entstandene Defizite auszugleichen.

Durch die Zeitspanne, die er in seinem Körper verbrachte und Mangel an Flüssigkeit, versteinerte der Kot in seinen Eingeweiden. Vielleicht zwei oder dreimal im Jahr kullerte ein kleiner Steinmurmel in die dafür bestimmte Aussparung im Boden. Diese praktischen Umstände bewahrten die Weisen davor ihren Platz verlassen zu müssen. Das geschah dann auch nie.

Im Laufe der Jahre hatte Tsiia die Gesichter seiner Kollegen kennen gelernt. Gespräche oder auch nur ein Blickkontakt waren nie da gewesen. Alle waren sich der Wichtigkeit ihrer Aufgabe bewusst. Mit ernsten Gesichtern starrten sie vor sich hin und meditierten, Tag für Tag, Jahr für Jahr.

An diesem Ort der Beständigkeit sollte es uns nicht weiter überraschen, dass die Veränderung, als sie dann letztendlich doch eintraf, nicht mit Pauken und Trompeten durch den Eingang anmarschiert kam. Nein, fast unmerklich schlich sie sich heran.

Seit Jahren musste sie schon heimlich da

gewesen sein, bis Tsiia sie bemerkte. Was er hätte bemerken können, wenn er darauf geachtet hätte, war, dass seine Mahlzeiten nicht länger regelmäßig gebracht wurden. Tsiia jedoch hatte sich so auf seine Meditation konzentriert, dass ihm erst bewusst wurde, dass etwas nicht stimmte, als er schon seit längerer Zeit überhaupt nichts mehr gegessen hatte.

Als das Knurren seines Magens so laut geworden war, dass es für Tsiia unmöglich wurde, sich weiter zu konzentrieren, öffnete er seine Augen und schaute um sich. Er war vollkommen alleine in der Höhle der Stille.

Auf den Sitzplätzen der anderen Weisen sah er nur noch Aschenhaufen, wo die vollkommen vertrocknete Körper der Männer wie Staub zerfallen waren. Es war ihm unverständlich, warum keiner der Weisen von einem Novizen ersetzt worden war.

Eine Woche brauchte Tsiia um sich seiner Situation klar zu werden. Es konnte nicht anders sein, als dass die Leute, die am Berg lebten, ihn und die anderen Weisen der Höhle der Stille vergessen hatten. Noch zwei Tage mehr brauchte er, um zum Schluss zu geraten, dass es keinen Zweck hatte, noch länger hier zu bleiben.

Damit keiner sehen würde, dass er einfach abgehauen war, errichtete er an seinem Platz einen Haufen Asche, so dass er von den übrigen Sitzplätzen nicht zu unterscheiden war. Langsam, um seine steifen Glieder zu sparen, die durch die ungewohnte Arbeit fürchterlich schmerzten, bewegte er sich in Richtung Ausgang.

Stunden später stand Tsiia unter dem freien Himmel. Die Welt schien ihm groß, fremd, aber wunderschön. Seine Sinne, durch jahrelange Gewöhnung an nur die allergeringsten Reize bis zum Äußersten geschärft, schienen zu ertrinken in der Fülle, die ihn jetzt überflutete.

Das schwache Licht des Mondes verlieh der Landschaft im Tal weit unter ihm einen silbernen Glanz. Die warme Nachtluft war schwer vom Duft der vielen Kräuter. Überwältigt von so vielen neuen Eindrücken legte Tsiia sich ins weiche Gras und schlief sofort ein.

Früh am Morgen wachte Tsiia auf. Das grelle Licht der Sonne ließ seine Augen tränen. Nur vage konnte er seine Umgebung sehen: helle farbige Flecken, die hin und her zu schwimmen schienen. Aber sogar das Brennen seiner Augen war für ihn eine willkommene Abwechslung nach so vielen Jahren, die ereignislos vorbeigegangen waren.

Als seine Augen sich endlich ein wenig an die neuen Bedingungen gewöhnt hatten, lief Tsiia los, bergab, einem schmalen, fast verschwunden Pfad folgend.

Nach einiger Zeit kam er - in seine Ohren gellte es förmlich vor lauter ungewohnten Geräuschen vom Wind, von den Vögeln und Insekten - an einen kleinen Bergbach. Er konnte sich nicht daran erinnern, jemals soviel Wasser auf einmal gesehen zu haben. Er trank drei, vier Schluck nach einander und wusch sich den in Jahren angesammelten Staub von seinem Leib.

Eine kurze Pause und weiter ging es, immer bergab. Oft blieb er stehen um eine Blume, ein Insekt oder einen Vogel anzuschauen. Tsiia freute sich über alles, was er sah. Die Sonne erwärmte seinen Körper und seine Schmerzen schien er, für den Schmerzen schon so lange der Normalzustand waren, kaum zu spüren.

Nachdem er bestimmt schon einen halben Tag gewandert war, sah er vor sich im Tal ein kleines Dörfchen. Die Einwohner empfingen ihn freundlich, obwohl er in seinem Lendentuch - seinem einzigen Kleidungsstück - und mit seinen langen, ungepflegten Haaren nicht gerade annehmbar aussah. Er bekam zu essen und einen Schlafplatz für die Nacht.

Einige Tage später bot ihm ein Bauer eine Arbeit an. Er pflügte die Felder, grub Wasserkanäle und half bei der Ernte. Nur langsam gewöhnte er sich an diese schwere Arbeit. Schließlich hatte er jahrelang nichts anderes gemacht als sitzen und meditieren.

Der Bauer war dennoch gut zu ihm. Er hatte Geduld mit ihm und erlaubte ihm sogar, auf seinem Land eine Hütte zu bauen. Tsiia lernte hart zu arbeiten. Im nächsten Sommer heiratete er die junge, hübsche Tochter des Bauern.

Die Jahre reihten sich aneinander. Tsiia war glücklich. Er liebte seine Frau sehr und auch die beiden Kinder, die sie ihm schenkte. Er genoss seine Arbeit im Freien und hatte ein offenes Auge und ein offenes Ohr für die Schönheit der Natur. Selten dachte er noch an die Höhle der Stille. Wenn, dann war es, als ob seine Erinnerung in Nebel eingehüllt war, fast unwirklich.

In einer Nacht, unerwartet, denn solche Ereignisse passieren immer ohne Vorzeichen, veränderte sich alles. Ein schweres Erdbeben traf das Dorf, legte die Hälfte der Häuser und Hütten in Schutt und Asche und tötete mehrere Dorfbewohner.

Der Tag zeigte die Verwüstung in vollem Umfang. Schweigend half Tsiia den Überlebenden, beerdigte Tote, sein Herz zerrissen von Mitgefühl.

In der Nacht folgend auf das Erdbeben hatte Tsiia einen sonderbaren Traum. In der einen Schale einer enormen Waage befand sich die ganze Menschheit. In der anderen die Erde. Zu seinem Schreck sah Tsiia, wie die Waage aus Bilanz geriet. Die Schale mit der Menschheit bewog sich unaufhaltsam hinunter und hob die Erde, die in ihrer Schale wild hin und her rollte immer höher. Eine Stimme ohne Gesicht sprach: "Dies ist was jetzt passiert. Nur Du, Tsiia, kannst das Gleichgewicht wieder herstellen."

Schweißgebadet wachte Tsiia auf. Noch in dieser Nacht verabschiedete er sich von seiner Frau, küsste seine schlafenden Kinder und verließ seine Hütte. Nur gekleidet in einem Lendentuch, mit keiner anderen Bagage als einem Krug Wasser und einem halben Brot folgte er einem schmalen, überwucherten Pfad berghoch.

Als er die Höhle der Stille erreichte, war er kaum überrascht zu sehen, dass seine Kollegen schon eingetroffen waren. Sorgfältig schob er seinen Aschenhaufen zur Seite und setzte sich hin.

Auf dem ihm gehörenden Platz saß Tsiia und meditierte. Um seinen Mund spielte ein Lächeln.

Beobachtungen

(mit gedämpfter Stimme zu lesen: „nach der Art eines Billiardkommentators")

Es ist jetzt 12:58 Uhr. Ich habe mich hier auf eine Parkbank gesetzt und habe mir vorgenommen alles, was auf der Parkbank hier gegenüber, Entfernung ca. 30 Meter, passiert zu notieren.

Selbstverständlich kann ich meine Notizen nur mental machen, damit sich niemand beobachtet fühlt. Meine Uhr lege ich neben mich, so dass ich immer wieder unbemerkt darauf schauen kann, wenn ich einen zeitlichen Anhaltspunkt brauche. Im Nachhinein werde ich das, was ich beobachtet habe, aufschreiben.

13:10 Uhr. Noch nichts passiert.

13:17 Uhr. Ich habe Glück! Ein Mann setzt sich auf meine 'Zielbank'. Er ist gekleidet in einem grauen Jogginganzug mit dem Großbuchstaben „U" in Knallgelb auf der Brust und noch einiges an Text. Zu klein allerdings, um aus dieser Entfernung lesen zu können. Er trägt blau-silberne Turnschuhe, ich würde wetten der Marke

'Nike'. Er hat einen Aktenkoffer dabei, den er – so scheint es – ungeöffnet neben sich legt.

13:20 Uhr. Um vorzubeugen, dass er mich 'entdeckt' und sich beobachtet vorkommt, tue ich, als ob ich nur so in der Gegend rum schaue, ihn aber ganz genau im Auge behalten.

13:23 Uhr. Er kreuzt die Beine: links über rechts.

13:41 Uhr. Ich scheine ein ziemlich langweiliges Exemplar erwischt zu haben – schaut mal nach links, mal nach rechts, nie direkt in diese Richtung.

14:08 Uhr. Er hat gegähnt! Endlich mal Aktivität!

14:17 Uhr. Immer wieder das gleiche Bild: schaut mal nach rechts, mal nach links...

14:33 Uhr. Immerhin: er wechselt mal die Beine. Jetzt rechts über links.

14:51 Uhr. Er hat sich den Rücken gerenkt!

15:12 Uhr. Also... Immer noch das Selbe: schaut mal nach links oder nach rechts. Hat der nichts besseres zu tun? Muss der nicht arbeiten?

15:22 Uhr. Ich gebe auf. Muss sich mir ausgerechnet so ein Faulpelz gegenüber setzen. Ich schreibe meine gedanklichen Notizen auf und gehe nach Hause.

15:24 Uhr. Ja, gibt es denn das? Ist doch zum Mäusemelken! Stundenlang sitze ich hier und beobachte und beobachte und nichts passiert... Höre ich auf, fängt der Kerl an aktiv zu werden.

Was macht er denn da? Öffnet seinen Aktenkoffer und holt was raus... Scheint ein Schreibblock zu sein. Jawohl, er fängt an zu schreiben...

Nun ja, auch nicht wirklich interessant.

Von der Rettung der Welt

Am Abend versammelten sich die Gruppenmitglieder am Lagerfeuer. Noch war es nicht ganz dunkel und einige legten noch eine letzte Hand an ihre Arbeit. Noch klang aus einem Zelt das klappern von Geschirr und drängte sich im Gehege das Vieh um das gerade ausgebrachte Futter. Ein Hund jaulte aufgeregt, vermutlich wurde er erst jetzt von der Last seines Schlittens befreit.

Als der Mondsichel über dem Waldrand sichtbar wurde, trafen auch die letzten ein. Wie an jedem Abend herrschte zunächst Stille und jeder ging in Gedanken die Erlebnisse des Tages noch einmal nach. Bis Simeon, der älteste, das Schweigen brach und wie jeden Abend sagte: „Es war ein guter Tag, wollen wir dankbar sein." Aus der Runde kam von jedem Einzelnen die Antwort, „es war ein guter Tag".

„Großvater bitte erzähle uns eine Geschichte", bettelte Tanya, mit ihren sechs Jahren eines der jüngsten Kinder des Stammes. „Ja Großvater, erzähle uns doch noch mal von der Rettung der Welt", fiel ihr Jonah bei und auch die übrigen Kinder blickten erwartungsvoll in der Richtung des alten Mannes.

Simeon, hoch gewachsen, mit langem Haar und Bart, ganz weiß, gerade wie eine Birke trotz seiner vielen Sommer, 98 behaupteten manche, 104 meinten andere, schaute in der Runde. Diese Augen waren etwas besonderes. Blau, mal dunkel, mal hell, meist erfüllt von Weite und Ferne, manchmal funkelnd wie Sterne, schmerzerprobt und dennoch glücklich, immer voller Liebe und Glanz.

„Ich werde es tun", sagte er, „bedenkt jedoch: es ist die wahre Geschichte. Hört ganz genau zu, denn wenn ihr so alt seid wie ich jetzt, werdet ihr sie weitergeben müssen. Sie darf nicht geändert werden, niemals, nie." Seine Stimme war ernst und wurde noch ernster, obwohl gleichzeitig eine feierliche Heiterkeit mitschwang. „Bald werde ich Euch verlassen und meine Geschichten werden dann von anderen erzählt."

„Nun", fuhr er fort, „es geschah vor vielen, vielen Sommern. Es dürften 300 Sommer vor meiner Geburt gewesen sein, vielleicht auch 10 mehr oder weniger, das ist jedoch nicht wichtig. Der Urgroßvater meines Urgroßvaters lebte zu dieser Zeit und hat als erster diese Geschichte erzählt." Er machte eine kurze Pause und sah – für ihn ganz ungewohnt – ein wenig müde aus. „Die Welt war damals eine vollkommen andere. Hättet ihr sie sehen können, ihr hättet gemeint, ihr würdet träumen.

Die Menschen wohnten nicht in Zelten so wie wir. Sie hatten die Eigenart angenommen Steine aufeinander zu schichten, so dass eine Art von Höhle entstand. Darin wohnten sie. Und nicht nur das: sie stapelten so hoch, dass vielleicht wohl hundert Familien übereinander wohnen konnten in einem Hügel aus aufgeschichteten Steinen."

„Wie konnten denn diese Steine auf einander liegen bleiben ohne zusammenzufallen?" Jonah war immer an praktischen Problemen interessiert.

„Es gab eine Art von Brei, die beim Trocknen hart wurde wie der Stein selbst. Damit wurden die Steine miteinander verbunden. Manchmal war den Menschen das auch zu viel Mühe und dann machten sie ihre Höhlen nur aus dem Brei. Beton hieß der Brei."

Tanya hatte schon eine Weile eine nachdenkliche Miene gezogen und warf ein:

„Die Menschen müssen damals viel stärker gewesen sein als wir, jedes mal wenn ihr Vieh eine neue Weide gebraucht hat mussten sie ihre ganzen Steinhöhlen mitschleppen."

„Nein, weil ihnen das viel zu schwer war, sind sie gar nicht mehr herumgezogen. Ihr Vieh lebte weit von Ihnen entfernt, meist auch in solchen Steinhöhlen."

„Ich kann mir nicht vorstellen, dass Rinder und Schafe und Schweine das mögen", meinte Tanya.

„Da hast Du recht. Das mochten sie bestimmt nicht. Und waren deshalb auch dauernd krank. Und bekamen dagegen Medizin, aber es war eine Medizin, die sie schwächte und die ihr Fleisch vergiftete."

„Und den Menschen ging es nicht anders. Sie hatten vergessen, wie der Körper zu einem spricht und hörten nicht einmal mehr die Stimme der Mutter Erde. Fast alle waren irgendwie krank, ihre Medizin verlängerte ihr Leben, nur heil und glücklich waren sie dabei nicht. Und sie brauchten immer mehr davon.

Weil die Frauen nicht mit ihrem Körper sprachen bekamen sie viele Kinder, so dass die Steinhügel überfüllt waren und ständig neue daneben gebaut werden mussten. Manche dieser Hügelland-schaften wurden so groß, dass man viele Tagesmärsche brauchte um von einer Seite zur anderen zu gelangen.

Die Menschen mochten jedoch nicht laufen, so wie wir, und waren erfüllt von der Angst zu wenig Zeit zu haben. Deshalb dachten sie sich Gegenstände aus, womit sie schnell vom einen Fleck zum anderen kommen konnten, die Toos.

Diese Toos machten viel Lärm und hinten kam eine dunkle Wolke heraus, die übel roch und der Mutter Erde nicht gefällig war. Der Himmel war schwarz, die Erde vergiftet und das Wasser ungenießbar von den vielen Toos.

Manchmal stießen zwei Toos zusammen und die Menschen, die in ihnen reisten starben dabei. Das machte den Leuten nicht viel aus. Schlimmer fanden sie es, dass ihre Toos dabei kaputt gingen. Viele verehrten ihr Too so sehr als ob es die Mutter Erde selbst wäre.

Vor dem Leben, auch vor ihrem eigenen, hatten die Menschen keine Achtung. Aus

Platzmangel, weil es so viele von ihnen gab, oder weil manche mehr Sachen hatten, oder einfach nur, weil sie unterschiedlicher Meinung waren, bekämpften sich die Stämme gegenseitig.

Sie machten sich Gegenstände, mit denen sie auf einmal ganz viele Menschen töten konnten. Und womit sie ganze Wohn-Hügellandschaften ihrer Nachbarstämme auf einen Schlag vernichteten.

Unsere Mutter Erde war sehr traurig darüber. Dennoch ließ sie ihre Kinder gewähren. Lange, lange Zeit. Bis es soweit gekommen war, dass sie selbst gefährdet war. Sie sandte den Menschen Zeichen. Zuerst kleine, dann als ihr Schmerz unhaltbar war, ganz große, deutliche.

Die Leute waren blind und taub und verstanden nicht, was ihre Mutter ihnen sagen wollte. Nein, sie schimpften nur und wenn schon mal jemand meinte, dass die Überschwemmungen, Erbeben und Orkane etwas mit den Toos zu tun haben könnten, dann wurde immer darauf gezeigt, dass die Nachbarn noch viel mehr davon hätten. Und die deshalb als erste auf die Toos verzichten sollten.

Nur einzelne Menschen erkannten wie schlimm es war, was sie der Mutter Erde und damit auch sich selbst angetan hatten. Als eine Katastrophe nach der anderen die Menschheit traf und alle Hoffnung verloren schien, fanden sie zueinander. Sie lernten wieder was es heißt zu lieben. Die Mutter Erde und die ganze Schöpfung, ihre Mitmenschen und vor allem sich selbst. Und fingen damit an, ihre Liebe jeden Tag fließen zu lassen, so wie es für uns normal ist.

Sie verließen ihre Steinhügel und lebten in den Wäldern von dem, was die geschwächte Natur ihnen immer noch bot. Immer mehr Menschen schlossen sich ihnen an, so dass irgendwann fast ein Zehntel aller Menschen im Wald lebten." Der alte Mann hielt inne.

„Was passierte dann, Großvater?" wollte Jonah wissen.

Simeon's Gesicht bekam einen traurigen Ausdruck. „Die Steinhaufen wurden vernichtet und mit ihnen die Menschen, die sie nicht verlassen wollten. Gewaltige Stürme rissen die Steine voneinander. Die Erde bebte und öffnete sich. Ganze Landstriche wurden überschwemmt. Die Menschen, die das überlebten wurden krank und starben dann dadurch. Oder sie versuchten im Wald Nahrung zu finden, aber es gelang ihnen nicht, weil sie meinten, der Wald sei ihr Feind.

Nur die Leute, die rechtzeitig und in Liebe im Wald ihre Zuflucht gesucht hatten überlebten. Sie waren unsere Vorfahren. Und um dafür zu sorgen, dass dies nie wieder passiert und die Menschen ihre Mutter Erde achten und lieben, wird diese Geschichte erzählt. Und jeder muss, um als erwachsenes Mitglied in unseren Stamm aufgenommen zu werden, einmal die Ruinen der Steinhaufen besucht haben."

Die Geschichte war zu Ende. Es herrschte eine Weile Stille, bevor die üblichen Gespräche ihren Lauf nahmen.

Die Kinder versammelten sich auf einem Platz hinter den Zelten und saßen zusammen im Licht des Vollmonds. „Was meinte Großvater damit, dass er uns verlassen wird?" fragte Tanya.

„Er wird sich bald zurückziehen um zu sterben" antwortete ihre ältere Cousine Sarah. „Wie seine Frau Helena vor sechs Sommern. Er wird sich auf einer Waldlichtung hinsetzen, sich von allen Wesen und von der Erde verabschieden, beten und seine Seele von seinem Körper lösen."

Tanya war beeindruckt. „Und was ist mit der Geschichte?" Sie hatte sie heute zum ersten mal gehört.

„Ach, immer diese alten Geschichten", meinte Jonah. Er hatte sich einen Zweig abgebrochen und skizzierte gedankenverloren einen Kreis in den Sand. „Es kann natürlich sein, dass es so gewesen ist, aber vielleicht war es auch ganz anders. Die Steinhaufen hat es gegeben. Das ist alles was wir wissen."

Der Tag war anstrengend gewesen, also suchten schon bald alle ihre Zelte auf.

Später, im Licht des Vollmonds, verließ Simeon den Kreis der Zelte und schritt auf die Stelle zu, wo zuvor die Kinder sich versammelt hatten. Als er die halb verwischte Zeichnung im Sand sah, verzog sich sein Gesicht in Sorge. Er setzte sich hin und meditierte lange Zeit. Als er endlich aufstand, grinste er breit. Er pinkelte über die Zeichnung und verfolgte seinen Weg, der in den Wald führte.

Zu „Die Prinzessin auf dem Vulkan"

Im Jahr 2005 arbeitete ich für einige Monate in einem Heim für autistische Menschen. Eine Zeit, die mich vieles gelehrt hat. Der Umgang mit diesen Menschen, die alle ihre eigene Welt mit sich tragen und in der Interaktion mit der Realität, die wir als die 'wirkliche' oder 'normale' betrachten, oftmals nur mit Aggression, ob gegen sich oder andere, reagieren können, hat mich an meine Grenzen geführt.

Eine Bewohnerin hat mich ganz besonders berührt. Dieses Märchen sei ihr gewidmet.

Die Prinzessin auf dem Vulkan
– ein autistisches Märchen -

Es war einmal ein kleines Mädchen vielleicht hieß sie Xantippe oder Sascha oder vielleicht auch Sandra. Für die Geschichte ist es auch nicht so wichtig, wie sie hieß, also nennen wir sie einfach Sandra.

An Sandra waren zwei Dinge ganz besonders. Erstens war sie eine Prinzessin. Keiner wusste das, auch die kleine Sandra selbst nicht. Nun wirst Du sagen: so besonders ist das nun auch wieder nicht. Prinzessinnen gibt es zu Haufe und vor allem die Bildzeitung und Märchen sind geradezu davon vergeben. Gut, mag sein, dass Du damit recht hasst.

Aber das zweite ist schon ganz besonders. Sandra saß nämlich auf einem Vulkan. Nun kann es angehen, dass Dir schon mal eine Prinzessin auf einer Erbse über den Weg gekommen ist oder eine mit gläsernen Schuhen, aber eine Prinzessin auf einem Vulkan? Da wette ich, dass Du davon noch nie gehört hast.

Und weißt Du was? Ihre Eltern und Geschwister, ihre Großeltern, Tanten,

Onkels und Nachbarn, sie wussten alle gar nicht, dass Sandra auf einem Vulkan saß. Es war nämlich ein ganz kleiner Vulkan. Aber ganz gewaltig kräftig.

Wie sie dahin gekommen war? Ich weiß es nicht genau, aber ich denke, der liebe Gott hat sie ganz persönlich dahin gesetzt. Um alle anderen Menschen vor dem Vulkan zu schützen...

Das war ja nun wirklich nicht so einfach. Manchmal schon, wenn der Vulkan mal ruhig war. Aber öfter war er unruhig und ich kann dir sagen, dass es gar nicht so leicht ist, auf einem unruhigen Vulkan still sitzen zu bleiben. Das tut nämlich ganz schön weh, auf so einem Vulkan zu sitzen.

Dann konnte es schon mal passieren, dass Sandra ein bisschen hin und her schob um den Schmerz in ihrem Hintern zu lindern. Wenn das der Fall war, wurden oft heiße Steine und Asche in die Luft geschleudert.

Ihre Eltern und Geschwister, die Nachbarn und Leute, die zufällig vorbeikamen, fingen dann an zu schimpfen. Sie nannten Sandra ein böses Mädchen und sie solle doch mal aufhören mit glühenden Steinen um sich zu schmeißen. Dann wurde Sandra wütend:

wusste denn keiner, dass sie doch nur versuchte alle vor dem Vulkan zu schützen? Manchmal war sie so böse, dass sie mit Absicht noch ein bisschen mehr Steine und Asche entweichen ließ.

Ab und wann kam es zu einem richtigen Vulkanausbruch. Und wie sich Sarah auch bemühte, es war ihr nicht möglich die Lava zurückzuhalten. Die Menschen um sie herum schrieen dann vor Angst und Schmerz und riefen die Feuerwehr. Die kam dann mit tatü-tata und mit Blaulicht. Sie sperrten die arme Sandra ein in einem feuerfesten Raum und bedeckten sie mit einer dicken Schicht aus Löschschaum. Bis der Ausbruch vorbei war und sie irgendwann wieder nach Hause durfte.

So ging das über Jahre so weiter. Manchmal war der Vulkan eine Zeit lang ruhig, dann wieder wurde er unruhig und es kam zu Ausbrüchen. Und Sandra bemühte sich immer weiter, den Vulkan zu unterdrücken und sie wuchs heran zu einer jungen Frau.

Dann, nach einem besonders schweren Ausbruch, wurde gesagt, Sandra könne jetzt nicht mehr zu Hause sein. Sie müsse ab jetzt in einem Heim leben mit jede Menge anderen Menschen, die wie Sandra mit glühenden Steinen schmissen. Und selbstverständlich wären dort immer Feuerwehrleute, die dafür sorgen sollten, dass das Heim nicht niederbrannte.

Sandra erkannte schon bald, dass auch ihre Mitbewohner alle auf einem Vulkan saßen. Manche auf einem kleineren und andere auf einem größeren. Und alle waren so damit beschäftigt ihren Vulkan unter Kontrolle zu halten, dass die meisten nicht einmal dazu kamen zu sprechen.

Eines Tages kam ein Koch ins Heim. Er sollte für alle Heimbewohner etwas ganz besonderes kochen. Und dabei lernte er auch die Sandra kennen. Er erkannte sofort, dass sie eine Prinzessin war, und dass sie auf einem Vulkan saß.

Da kam ihm dann eine Idee. „Rück doch mal ein bisschen zur Seite", sagte er. Und als Sandra sich vorsichtig etwas vom Vulkan herunter schob, stellte er einen Topf auf den Vulkan und begann zu kochen.

So lecker wie an dem Tag hatte im Heim noch keiner gegessen. So dass der Koch ab diesem Tag nur noch auf Sandras Vulkan kochen sollte. Und Sandra durfte jedes mal beim Kochen zusehen. Und der Koch ließ sie alles probieren. So lernte sie alle seine geheimen Rezepte kennen.

Als irgendwann der Koch weiterzog, fragten alle Mitbewohner ob Sandra in Zukunft für sie kochen möchte. Ab diesen Tag war Sandra die Küchenprinzessin im Heim. Sie fand ganz viele eigene Rezepte heraus, ein Gericht schöner als das andere.

Wenn einmal nicht so viel zu tun war, gab sie ihren Mitbewohnern Kochunterricht. Und bald konnte jeder kochen wie ein Weltmeister. Überall im Haus verteilt, brutzelten die schönsten Gerichte auf den kleinen Vulkanen.

Weil das schöne Essen nun auch gegessen werden musste, wurde aus dem Heim ein Restaurant. Es dauerte nicht lange und die Leute kamen von überall her um sich verwöhnen zu lassen. Jedes Jahr bekamen sie einen Stern hinzu und irgendwann bogen sich die Balken unter dem Gewicht der vielen Sterne.

Als sich dann eines Tages ein Küchenprinz im Wald verirrte, wurde er wie magisch vom herrlichen Duft des Essens angezogen. Er fand das Heim, bekam etwas zu essen und wollte unbedingt Sandra kennen lernen. Und, wie das in Märchen nun mal so ist, sobald er sie sah, hat er sich in sie verliebt, wollte sie heiraten und ins Küchenkönigreich seines Vaters mitnehmen.

Sandra war inzwischen aber so glücklich in ihrem Heim mit ihren Mitbewohnern, dass sie nicht weg wollte. Dann einigten sie sich darauf, dass er sie ab und zu besuchen konnte, wenn beide dazu Lust verspürten. Und wenn der König oder die Königin Geburtstag hatten, besuchte sie Sandra und kochte ein herrliches Geburtstagsessen. Mit einem Kuchen, das versteht sich. Und so wurden sie dann ganz ganz glücklich. Und, wer weiß, vielleicht leben sie jetzt noch...

Traumreise

Künstlerin: Andrea Kautzmann; Doppelbild mit Ölfarben, Sand und Edelsteine auf Leinen

Zu „Der Schwäneflüsterer"

Manche Märchen finden auch im richtigen Leben statt. Den Schwäneflüsterer gab oder gibt es wirklich. Manchmal gibt es Menschen, die zu einer speziellen Tierart eine besondere Verbindung haben und anscheinend wird dieses von beiden Seiten, sowohl Tier als Mensch so empfunden.

In einem Zoo habe ich schon einmal beobachtet, wie eine Frau mit zwei Jaguaren 'sprach', die auch deutlich erkennbar mit zischenden und fauchenden Lauten antworteten. Ob dieser außergewöhnliche Kontakt dazu führt, dass der Mensch sich von seinen Artgenossen entfremdet, kann ich nicht sagen. Nur in der Situation, wo die Kommunikation der anderen Art stattfindet, scheinen andere Menschen absolut uninteressant zu sein.

Der Schwäneflüsterer

Ich hatte ein Weilchen auf meinem Lieblingshügel im Park Flöte gespielt, aber dieser Platz liegt im Schatten und nach einigen Stücken waren meine Finger so kalt und steif, dass ich aufhören musste. Ich schaute zur Insel in dem nahe liegendem See hinüber und sah dort mehrere Parkbänke in der prallen Sonne. Ich steckte meine Flöte in meinen Pulloverärmel um sie warm zu halten. Sonst entsteht soviel Kondens. Und ich machte mich auf zur Insel.

An der Brücke angekommen, die die Insel mit dem Ufer verbindet, machte ich die Entdeckung, dass Eintritt erhoben wurde. Leicht enttäuscht setzte ich mich auf eine Bank am Wasser und unterhielt mich mit den Gänsen. Manche taten so, als würden sie schlafen, machten aber alle halbe Minute ein Auge auf um zu sehen, ob ich keinen Unfug mache.

Einige Zeit später kam ein Schwan angeschwommen und biss ohne erkennbaren Anlass, fast gelangweilt, nach den um Futter bettelnden Enten. So dass ich meinte, ich müsse mich mal ernsthaft mit ihm, oder besser: mit ihr, denn es war ein Weibchen, über das Aggressionspotential bei Schwänen unterhalten.

Es mögen vielleicht 5 oder 10 Minuten vergangen sein, da schwamm ein weiterer Schwan, ein 'er' diesmal, zielstrebig auf das Ufer vor der Parkbank neben meiner zu. Genau zur gleichen Augenblick tauchte eine merkwürdige Gestalt auf und setzte sich auf gerade diese Bank.

Ein männliches Wesen, der Mann wird irgendwo zwischen 40 und 60 Jahre alt gewesen sein. Er trug mehrere Lagen grüngrauer Kleidung über einander, sichtbar waren vier, die auch aus der Entfernung von 25 Meter für meine leicht geschwächte Augen deutlich erkennbar zerfetzt waren. Er beugte sich vornüber und fing an zu sprechen. Zumindest bewegten sich seine Lippen, hören konnte ich aus dieser Entfernung nichts.

Dann geschah das Wunder: der Schwan verließ das Wasser und ging auf den Mann zu. Gefolgt vom Weibchen. Auf einem halben Meter vor ihm blieb er stehen und schien mit schräg gehaltenem Kopf genau zuzuhören. Einige Minuten lang. Dann verbeugte er sich, so wie Schwäne sich gegenseitig begrüßen, drehte sich um und kehrte ins Wasser zurück, auf dem Fuß gefolgt von seiner Frau.

Der Mann stand auf und verfolgte seinen Weg. Als er an meine Bank vorbeikam, sah ich, dass seine Kleidung sauber war. Ich bemerkte, dass die Fetzen so aussahen, als ob sie sauber mit einer Schere geschnitten worden waren. Auf meinen Gruß antwortete er nicht. Nun bin ich ja auch kein Schwan.

„La Divina" (2005)
Eine von mir gebaute Konzertgitarre
(muy bien!)

Zu „Un Dia de Noviembre"

An einem Tag im November 2005 hatte ich am Abend ein Gespräch mit einem befreundeten Musiker. Er erzählte mir vom Konzert, das er am Abend zuvor gegeben hatte. Es wären nur wenige Zuhörer da gewesen und diese waren dazu auch noch älteren Datums. Er meinte er „hätte genau so gut in einem Altenheim spielen können".

Seine gefrustete Bemerkung machte mich betroffen. Sicher, auch ich hatte mich öfter schon geärgert, wenn für Darbietungen meinerseits so wenig Interesse da zu sein schien. Dennoch habe ich nie einen Unterschied im Wert zwischen jungen und alten Menschen feststellen können.

Wie auch immer: noch an diesem Abend setzte ich mich hin und schrieb die nachfolgende Geschichte.

Übrigens: „Un Dia de Noviembre" ist ein Stück für klassische Gitarre, geschrieben vom kubanischen Komponisten Leo Brouwer.

Un Dia de Noviembre

Es war November. Der Tag war dunkel gewesen, nass und kalt. Der erste Schneeregen hatte darauf hingewiesen, dass der Winter jetzt ohne Rücksicht Einzug hielt.

In der dunklen Kirche saß nur eine Person, eine alte Dame. Der Küster hatte sie beim Entgegennehmen ihres Eintrittsgelds etwas mürrisch angeschaut: jetzt würde er da bleiben müssen, bis das Konzert zu Ende war. Sie hatte es kaum bemerkt, weil sie sich so auf diesen Höhepunkt einer sonst ziemlich öden Woche gefreut hatte. Glücklicherweise hatte sie es nicht weit gehabt: ihr Altenheim war nur ein paar Minuten Gehens entfernt.

Es war nicht gerade warm hier in der Kirche. Die alte Frau spürte es nicht: sie hoffte, dass noch mehr Leute kommen würden weil sie fürchtete, das Konzert könne sonst kurzfristig doch noch abgesagt werden. Aber nein, pünktlich kam der Musiker, ein Gitarrist herein. Etwas überrascht schaute er auf sein kleines, wenn auch begeistert applaudierendes Publikum. Er setzte sich hin und fing an sein Instrument zu stimmen.

Es muss eine ganz besondere Gitarre gewesen sein: schon bei diesen ersten Klängen, noch bevor die Musik wirklich angefangen hatte, war es, als ob das Herz der Zuhörerin von ihnen eingesponnen und in andere Sphären geführt wurde.

Auch beim Gitarristen schien etwas zu passieren: sein Gesicht änderte den Ausdruck und schien gleichzeitig Anspannung und Entspannung, Schmerz und Glück und absolute Konzentration widerzuspiegeln. Die Kirche war plötzlich nicht mehr dunkel. Ein Strahlenkranz schien Musiker, Instrument und Zuhörerin zu umfassen und mit einander zu verbinden.

Als er dann anfing zu spielen, gab es nur noch die Musik. Mal laut, mal leise, mal süß, mal scharf. Immer schienen die Klänge die Seele direkt zu berühren. Zuerst gab es Barockmusik. Wie durch ein Wunder strickten sich Töne zusammen zu Strängen, die sich gegenseitig einwickelten und dennoch klar erkennbar ihren Weg verfolgten. Die alte Frau vergaß manchmal zu atmen. Zwischen den Stücken klatschte sie ihren Beifall und der Gitarrist erhob sich und verneigte sich, als ob er vor einem hundertköpfigen Publikum spielen würde und nicht nur vor einer Person.

Die Namen der Komponisten und die Titel der Stücke, die der Musiker mit ruhiger Stimme vortrug waren ihr meist kein Begriff. Bach kannte sie natürlich, aber sonst war sie ihr Leben lang eher eine Opernbegeisterte gewesen.

Dennoch, es gab kein Stück, das ihr nicht direkt ins Herz ging. Noch nicht einmal die gegenwärtige Musik – hieß der Komponist nicht Brouwer? - mit der sie bisher nichts anzufangen gewusst hatte. Ganz zu schweigen von den klassischen, romantischen und impressionistischen Werken, die ohne virtuoses Gehabe, aber mit großer Sicherheit und Wärme in Klang umgesetzt wurden.

Die Zeit schien stillzustehen. Nach Wochen, Monaten oder Sekunden und zweier Zugaben war es dann doch zu Ende. Der Musiker erhob sich ein letztes mal, verneigte sich tief und war verschwunden.

Mit Herz und Seele immer noch voller Musik, ohne ihren Weg zu erkennen, fand die alleinige Zuhörerin zurück ins Altenheim.

Ein paar Wochen später starb die alte Frau. Eigenartig, meinte der Arzt, der bis zum Schluss bei ihr geblieben war. So etwas hätte er noch nie erlebt. Ganz friedlich und mit einem Lächeln wäre sie gegangen. Als ob sie von einer himmlischen Musik empor geführt worden war.

Der Gitarrist lebt noch.

Etwas über mein Leben

Geboren 1955 in Enschede, Niederlande.
Ich studierte Musik und Psychologie.

Seit vielen Jahren widme ich mich, neben meiner Arbeit als Diplom-Psychologe, der Musik, Poesie und der bildenden Kunst.

Meine große Liebe und Verbundenheit mit der Natur sind die Quellen aus welchen meine Kunst entsteht.

Viel Zeit verbringe ich im Wald, wo Hölzer, Steine und andere Gaben der Natur, mir „sagen", was sie werden möchten.

Ich spüre das Material, bearbeite es mit meinen Händen und in diesem Schaffensprozess entwickelt sich eine Art von Eigenleben. Eine Energie, die auch vom Betrachter gefühlt werden kann.

So entstehen Bilder, Objekte oder „Objektbilder", in welchen sich die Materialien, die Ausdrucksweise und die Aussage in vollkommener Harmonie fügen.

In meiner Liebe zur Natur verwende ich oft Holzstücke oder Steine, die zu mir „finden".
Sie fügen sich dann in ein Kunstwerk ein, wie im folgenden Beispiel.

Meine Werke entstehen in der Kommunikation mit dem Material. Das Material
verschmilzt mit einem Gedanken im Prozess
des Schaffens.

„Wiederkehrende Formen I" (2005)
unbearbeitetes Holz, Acrylfarbe

Ich schreibe Gedichte, Märchen und Kurzgeschichten.

Wege und Abwege

Nur ungern folge ich
Den Wegen
Von Menschen vorgegeben

Lieber nutze ich
Einen Pfad
Von Tieren mir gezeigt

Wissen sie doch soviel mehr
Vom wirklichen Leben
Vom wirklichen Tod

Erschienen in: „Leben – Unterwegs" 2007

Andrea Kautzmann & Marten van den Berg
Leben – Unterwegs
Poesie und Kunst – eine Symbiose
2007
Hardcover, 72 Seiten, davon 31 in Farbe
ISBN 978-3-8370-1325-2

Marten van den Berg
Alte Sachen
Poesie aus der Fülle des Lebens
2007
Paperback, 52 Seiten
ISBN 978-3-8370-1380-1

Im Juni 2007 hatten meine Lebensgefährtin Andrea Kautzmann und ich eine gemeinsame Ausstellung im Schloß Eisenbach, in der Nähe von Lauterbach (Hessen). Nachfolgend einen Auszug aus dem Bericht im *Lauterbacher Anzeiger 25. Juni 2007*

„Die Farben des Sommers in intuitiven Kunstwerken"

Vernissage von Andrea Kautzmann und Marten van den Berg

„Eisenbach. Das Kasseler Künstlerpaar Andrea Kautzmann und Marten van den Berg empfingen eine ansehnliche Schar Gäste zu einer liebevoll gestalteten Vernissage auf Schloss Eisenbach.
Die kleine Auswahl ihrer Werke, die auf solch beschränkter Fläche präsentiert werden konnte, umfasste dennoch ein weites Schaffensspektrum, das die ungewöhnlichen Ansätze beider Künstler reflektierte.

Marten van den Berg, der Musik und Psychologie studiert hat, arbeitet bevorzugt mit dem „object trouvé", also dem Fundstück aus der Natur, die ihm Inspirationsquelle ist. Den Stein oder das Holz fügt er durchdacht in einen neuen Zusammenhang, teils bearbeitet, teils roh. Dabei gelingt es ihm, unscheinbare Schönheiten ins Licht der Wahrnehmung zu rücken und gleichsam das Gewicht des Materials zwischen Gravität und schwebender Leichtigkeit zu variieren.

Zur Vernissage trugen die beiden vielseitigen Künstler auch mehrere ihrer Gedichte vor, und Marten van den Berg musizierte feinfühlig auf einer selbstgebauten Metallflöte sowie einer selbstgebauten Gitarre.
Die Veranstaltung im schön dekorierten Raum im Zusammenspiel mit den Kunstwerken schuf mühelos die angestrebte Harmonie und erhielt das Flair erfrischender Intimität, die das Publikum nicht unberührt ließ."